D1722696

Herr Hirnbeiß
und das andere Geschlecht

Herr Hirnbeiß

und das andere Geschlecht

Ludwig

Mit 21 Zeichnungen
von Franziska Bilek
Umschlagentwurf: Kaselow Design, München

ISBN 3-7787-3336-2

Gesamtherstellung: Kösel, Kempten

Wenn man sich den Herrn Hirnbeiß – diesen von der Zeichnerin Franziska Bilek so einzigartig »nachempfundenen« Ur-Münchner – anschaut, möchte man ihm auf den ersten Blick gar nicht zutrauen, was er für ein aufmerksames Auge für das weibliche Geschlecht übrig hat. Aber da darf man den beleibten Bierkrug-Philosophen ja nicht unterschätzen. Er hat so seine eigene, querdenkerische Meinung über die Frauen, mit der er auch nicht hinterm Berg hält.
Aus langjähriger Erfahrung kennt Herr Hirnbeiß sowohl ihre Vorzüge als auch ihre Nachteile ganz genau. Wie es sich für einen g'standenen Bayern gehört, kommt beim Thema Weiblichkeit die eigne »Oide« meist am schlechtesten weg. Und natürlich muß auch für den Herrn Hirnbeiß an den Vertreterinnen des weiblichen Geschlechts »was dran« sein – und zwar an den richtigen Stellen. Denn er ist auch als Witwer noch lange kein Kostverächter! Besonders gern schiagelt er – wie das bei den etwas betagteren Herren nun einmal so üblich ist – auf die jungen, knusprigen Haserl, wobei er mitunter wehmütig sinniert:
»Gell, Waldi, des warn no Zeiten ...«

»In meinem Horoskop steht ›Glück in der Liebe‹.
Was soll i jetzt machn . . .«?

»Sonst san die Damen so empfindlich –
aber am Bobo friert's ihr überhaupt net...?!«

»Gell Waldi … dös warn no Zeit'n …«

»Mancher hat koa Glück bei die Damen.
Und des bloß, weil ma seine verstecktn Qualitäten net sieht...«

»Do hat jetzt da Kreitmeier vom zwoaten Stock amoi de schlechtere Aussicht.«

»Des san die nacktn Tatsachn,
die mir am bestn gfalln ...«

»Auch ich war ein lockerer Jüngling mit Haar.«

»Fasse dich kurz –
i moan, die kann nur redn und net lesn.«

Telefon
Telefon
Fasse Dich Kurz

»Waldi, schau – heit ham mir aber wieder a scheens Programm.«

»Nix mehr is mit Wein, Weib und Gesang,
hat der Doktor gsagt.
Aber des macht nix – i trink ja Bier...«

»Die gfallt mir. Die hat hint' und vorn a Herz ...«

»Wia mog jetzt die erst ausschaung,
wenn die Jalousien offen san.«

»Des waar a Frau für's Lebn –
aber lang derfat's net sei.«

»Abmagern mechtn S', Frau Haberl?
San S' vorsichtig – wo koa Schpeck is, beißt aa koana
o!«

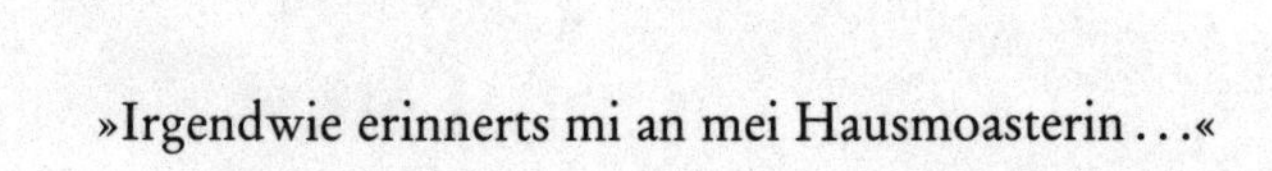

»Irgendwie erinnerts mi an mei Hausmoasterin . . .«

»Guad, daß i scho Witwer bin …
sonst dan's sogn, i hab Ärger mit da Frau ghabt.«

»I komm mir vor,
wie a Astronaut aufm Weg zur Venus ...«

»Die Dame singt, daß s' a Waldvogerl waar.
Aber des nimm i ihr net ab ...«

»Fräulein, Sie san a Wucht –
i merk's, wenn S' mir auf d'Zehen schteign . . .«

»Früher hat ma durch's Astloch schaugn miaßn.
Heit langt a Logenplatz ...«

»Wenn mi jetzt net bald a netts Madl zum Tanz'n holt, na geh i wieder hoam...«